AF143422

NADIA
La vengeance
contre la trahison

Brooks MILLER

NADIA
La vengeance
contre la trahison

I

Un village, quelques part dans ce bas monde, avec ses habitants, ses angoisses et leur train de vie .Dans ce village du début du 20e siècle, les journées étaient rythmées par les activités agricoles et artisanales. Les habitants se connaissaient tous et formaient une petite communauté soudée. Mais malgré cette chaleur humaine, il y avait des angoisses qui planaient sur le village.

La pauvreté était omniprésente et la majorité des habitants vivaient dans des conditions très difficiles. Les récoltes étaient souvent maigres et les maladies affectaient régulièrement les familles les plus vulnérables. Malgré cela, la vie dans le village continuait.

Le train de vie était simple mais solide. Les habitants travaillaient dur pour subvenir à leurs besoins, mais ils trouvaient toujours le temps de se rassembler pour les fêtes et les célébrations.

Puis un jour, tout a changé. Monsieur Alexandre, un châtelain richissime, a décidé de venir s'installer dans le village. Les villageois étaient d'abord méfiants envers ce nouvel arrivant, mais ils ont vite été séduits par sa gentillesse et sa générosité. Il a offert des emplois bien payés à certains habitants et a même financé la construction d'une école pour les enfants.

Mais ceux qui côtoyaient de plus près monsieur Alexandre ont commencé à remarquer certaines choses étranges. Il semblait toujours très secret sur son passé et ne recevait jamais d'invités. Les villageois se demandaient pourquoi il était venu s'installer dans un village aussi modeste et isolé.

Monsieur Alexandre est un homme du monde, cinquantenaire, élégant, beau, fort et viril. Il possède un château, qui a toujours été une propriété familiale et dont il est le seul héritier, non loin du village. Tout le monde a appris à le connaitre. Il est respecté et apprécié par les habitants du village. Monsieur Alexandre malgré son air réservé est un homme qui aime les filles qui ont l'âge de ses enfants.

Dans sa quête d'amour, Alexandre va par hasard croisé le chemin de Nadia, une belle jeune fille pimpante, excitante à merveille et qui joue de son charme. Alexandre est tout de suite sous son emprise. Il va discrètement l'épié, la suivre et rechercher les habitudes de la fille. Au fur et à mesure que les jours passent,

Monsieur Alexandre devient de plus en plus obsédé par elle. Il ne peut pas s'empêcher d'y penser, et il commence à passer de plus en plus de temps à la regarder de loin et à chercher des excuses pour être près d'elle. Prisonnier de son amour, il ne peut plus s'en délivrer. Chaque jour qui passe, son obsession grandit .Il en devient fou, ne pensant plus qu'à elle jour et nuit.

Nadia, qui a remarquée l'intérêt que lui porte ce monsieur, semble quelquefois en profiter pour amplifier les désirs et les desseins de l'homme. Elle, est flattée de l'attention que lui porte ce bel homme plus mûr.

Sa rencontre avec Nadia aura lieu ce jour tous prés de son château, dans une petite clairière à l' abri des regards et c'est là que ce Monsieur si fort et si viril va dans une crise d'envie abusé de la fille. Il l'a saisi fortement, la débarrasse de ses vêtements, et maintenant toute nue, offerte à lui il va plusieurs fois la violée. La jeune femme se débat, tente de résister, mais devant l'étreinte de cette homme si fort, elle se résigne à accepter son sort, se laisser faire et même y prendre du plaisir. Ses désirs rassasiés Alexandre va aider cette jeune femme à se rhabiller et à lui glisser une liasse de billet de banque dans son corset et avec un ultime baiser lui conseille de ne rien dire à qui que ce soit. Elle s'efforce de garder le silence, mais sa souffrance intérieure la consume.

Monsieur Alexandre, quant à lui, ne se sent pas coupable de son comportement. Sa passion obsessionnelle pour Nadia ne faiblit pas. Il continue de la suivre et de l'observer de loin. Nadia est consciente de son erreur d'avoir accepté l'argent, chose qui devient un argument pour Monsieur Alexandre qui arrive chaque fois à ses fins. Convaincre Nadia de se donner à lui pour une dernière fois avant de la libérer de son calvaire. Mais en guise de dernière fois il ne tient jamais parole. Le plus souvent les actes d'amours se font chez lui au château. Nadia s'y habitue, et personne chez elle n'a rien vue, jusqu'au jour où elle disparaît définitivement.

Alexandre a décidé de séquestré Nadia, le jour ou dans un excès de colères, suites a des ébats sexuels d'une extrême violence, celle-ci le menace de le dénoncer et de divulguer tous ses secrets.

Mettre ces menaces à exécution serait pour Alexandre un grand déshonneur et la fin d'une existence paisible. Il a donc pris la décision de la garder prisonnière dans son château, sachant qu'il devrait la nourrir et la soigner. Mais il savait qu'il devait également être vigilant pour s'assurer que personne ne découvre ce qu'il avait fait.

Nadia va être emprisonnée au château dans le plus grand des secrets. Elle se retrouve prisonnière de Monsieur Alexandre, livrée à ses pulsions les plus sombres. Elle ne sait pas combien de temps elle va devoir endurer cela. Les jours passent et la jeune fille commence à perdre tout espoir de s'échapper.

Monsieur Alexandre, quant à lui, est de plus en plus possessif envers Nadia. Il la suit partout où elle va, la traite comme une possession, un objet sexuel. Nadia commence à craindre pour sa vie.

Nadia sait qu'elle doit trouver un moyen de se libérer de l'emprise de cet homme, avant qu'il ne soit trop tard. Mais comment faire pour échapper à un homme riche et puissant qui semble tout contrôler dans la région ?

Suite à sa disparition mystérieuse ; les recherches vont s'organiser mais en vain, les investigations ne donnent rien.

Jusqu'au au jour où un corps décomposé est trouvé par hasard par un berger dans le bois, très loin du village, les vêtements du cadavre correspondent exactement à ceux portés par

Nadia avant sa disparition. Le développement scientifique de l'époque, ne permettait pas encore la reconnaissance par l'ADN. Devant les éléments visibles, vêtements, chevelure et proximités, l'enquête va conclure que le corps trouvé est officiellement reconnu comme étant Nadia. Quant aux circonstances de la mort, le rapport indique que le crime a été commis à la suite d'un viol.

Cela plongea la communauté dans un état de choc et de tristesse. Les habitants se demandaient qui aurait pu faire une chose si atroce à Nadia, une jeune femme si gentille et si aimée de tous. Les rumeurs commencèrent à se propager, certains accusant des étrangers ayant récemment traversé le village, d'autres pointant du doigt des habitants jaloux ou possessifs.

Mais malgré les recherches continues, l'enquête n'aboutissait à rien. Les jours passèrent, puis les mois. L'affaire Nadia fut peu à peu oubliée, l'horrible crime restant impuni.

II

Le château de Monsieur Alexandre se dressait majestueusement au sommet d'une colline, dominé par ses tours élancées. Son architecture gothique et sombre faisait ressentir une certaine froideur, mais la richesse de ses détails fascinait les yeux qui s'y posaient. Les murs de pierre épais semblaient raconter les histoires glorieuses et tragiques qui s'y étaient déroulées au fil des siècles. Les portes en bois massif étaient surmontées d'arcs en ogive et décorées de sculptures complexes, qui semblaient protéger l'entrée. Les fenêtres en ogive permettaient à la lumière de se frayer un chemin à travers les ténèbres, brillant sur les vitraux de couleur et éclairant les chambres sombres et labyrinthes de couloirs.

C'était un château qui avait vu naître de grands rois et de cruelles reines, mais qui savait garder ses secrets enfouis sous les voûtes décrépites. Situé à plus de 50 kilomètres du village le plus proche, le château reste isolé de toute fréquentation. Au point ou beaucoup de légende circulait sur lui. Les employés de Monsieur Alexandre, tous dévoués et acquis à sa cause, n'en sortaient que rarement, sinon quelquefois pour se rendre au village pour des achats ou des rencontres.

Un couples de quinquagénaire en guise de maître d'hôtel et cuisinière, plus six autres personnes dont deux femmes , pour des emplois bien distinct , entre hommes à tout faire, geôlier gardien , femme de ménage ou alors aide cuisinière . Tous ce beau monde évolue dans cet univers châtelain, loin de la foule, Une vie rythmée par des intrigues. Tous sont complice avec Monsieur Alexandre pour des délits commis dans le château ou ailleurs. Un château mystérieux qui cache bien des secrets.

III

Malheureusement, la découverte du cadavre par un berger dans les bois n'était pas le fruit du hasard. Les complices de Monsieur Alexandre avaient transporté et enterré le corps de cette jeune fille à cet endroit. Quelques mois auparavant, une jeune femme aux mêmes caractéristiques physiques que Nadia était décédée de mort naturelle dans un village voisin et avait été enterrée là-bas. Lorsque Monsieur Alexandre a eu connaissance de cette information, il a ordonné à ses sbires d'exhumer le corps de la jeune femme, de l'habiller avec les vêtements de Nadia, de mutiler le cadavre pour simuler un viol et un meurtre, et de l'enterrer à l'endroit où il a été découvert. Cette macabre découverte a provoqué la consternation et la colère des habitants du village et a conduit la police à enquêter sur le crime. Les indices recueillis par les enquêteurs ont permis de conclure rapidement que la défunte était probablement Nadia. À l'époque, l'identification par test ADN n'existait pas encore. Les soupçons n'ont jamais été portés sur Monsieur Alexandre, qui était un homme influent et respecté dans la communauté. Sa richesse, ses relations et son statut social le mettaient à l'abri des moindres soupçons.

VI

Nadia, assise sur son lit, fixant le mur devant elle, ne peut s'empêcher de se demander comment elle en est arrivée là. Comment s'est-elle retrouvée dans cet endroit sombre ? Elle avait toujours été une bonne fille, élevée par des parents aimants qui lui avaient appris à être gentille et douce. Mais maintenant, elle était là, victime de la brutalité d'un homme, et certains jours, elle s'y habituait presque.

C'était un homme qui avait l'âge d'être son père, un homme viril et puissant, dont la présence emplissait la pièce. Au début, elle avait eu peur de lui, mais avec le temps et la cicatrisation des bleus, elle avait commencé à voir son côté plus doux. Il lui apportait des fleurs et lui racontait des histoires, et elle riait à ses plaisanteries, oubliant pour un moment ce qu'ils étaient vraiment l'un pour l'autre.

Mais malgré ces moments de complicité, elle ne pouvait pas oublier la raison pour laquelle elle était là. Elle avait été enlevée, arrachée à sa vie et enfermée dans cette pièce, victime de sa beauté et de son innocence. Elle se rappelait les premiers jours, où elle cherchait désespérément une issue, où elle hurlait en espérant que quelqu'un l'entendrait. Mais personne ne venait.

Elle avait appris à se résigner, à accepter son sort même si cela signifiait perdre une partie de sa propre identité. Elle avait dit adieu à ses rêves, à sa famille, à ses amis ; elle avait changé son nom et s'était conformée à toutes ses exigences. Elle savait qu'elle n'avait pas d'autre choix.

Pourtant, parfois, il y avait des moments d'espoir. Des moments où elle pouvait voir à travers la fenêtre, sentir le vent sur son visage et entendre les oiseaux chanter. Des moments où elle pouvait imaginer une vie différente, une vie où elle ne serait pas prisonnière.

Mais ces moments restaient rares et fugaces, et elle savait que sa réalité était tout autre. Elle savait qu'elle était condamnée à rester ici jusqu'à ce qu'il en décide autrement.

Et pourtant, malgré tout ça, elle continuait de rire à ses histoires et d'écouter ses fleurs, parce que c'était la seule manière de garder un peu de sa propre humanité, de ne pas sombrer complètement dans la folie. Mais un jour, elle le savait, elle devrait trouver un moyen de s'enfuir, de retrouver sa liberté.

Mais en y réfléchissant, elle réalisa que s'échapper n'était peut-être pas la solution. Peut-être devait-elle plutôt trouver un moyen de changer les choses à l'intérieur même de cette prison dorée qu'était sa vie. Elle commença à réfléchir à des plans, à des stratégies pour gagner en autonomie, pour se faire respecter.

Elle commença à jouer un jeu dangereux, à tester les limites de son geôlier. Elle refusa de faire certaines tâches, elle s'opposa à certaines de ses décisions, elle afficha ouvertement son mécontentement. Et petit à petit, elle commença à prendre le contrôle de sa vie.

Son geôlier ne l'entendait pas ainsi, bien évidemment. Il commença à se montrer plus autoritaire, plus méprisant. Il ne supportait pas qu'elle lui résiste, qu'elle questionne son autorité. Et un jour, il perdit la tête. Il la brutalisa jusqu'à ce qu'elle tombe inconsciente, et quand elle se réveilla, elle se trouvait dans une pièce sombre, enchaînée à un mur.

Elle savait que c'était le moment ou jamais. Si

elle ne parvenait pas à s'échapper maintenant, elle était perdue. Elle se mit à chercher une faille, un moyen de se libérer. Elle tâtonna dans l'obscurité, cherchant une faiblesse dans ses chaînes, dans ses barreaux. Et enfin, elle trouva une solution, une petite lime a ongle semble faire l'affaire. Une lime que la providence lui a offert. Elle se mit à travailler, lentement mais sûrement, jusqu'à ce que les chaînes cèdent. Durant tout ce temps ses geôliers qui allaient et venaient pour lui, servir à manger, et qui sachant qu'attachée avec ces longues chaines elle ne risquait pas de se sauver, ne prenaient même pas la peine de fermer la porte de la geôle.

Elle sortit de sa geôle, la peur au ventre, sachant que les gardiens étaient à sa poursuite. Elle courut à travers les couloirs sombres du château, cherchant une issue. Elle entendit des bruits de pas derrière elle, mais elle ne s'arrêta pas. Elle était déterminée à retrouver sa liberté, coûte que coûte.

Finalement, elle arriva à une porte dérobée qu'elle avait repérée lors de ses explorations dans les environs. Elle l'ouvrit avec précaution et s'échappa à l'extérieur. Elle se trouvait maintenant dans les jardins du château, entourée de buissons et d›arbres. Elle courut de plus belle, sentant le vent chaud sur son visage.

Elle s'arrêta enfin, haletante, mais libre. Elle

regarda autour d'elle, essayant de se repérer. Elle était complètement désorientée et ne savait pas comment retourner chez elle. Elle était perdue dans ce monde étrange, mais elle se sentait libre, plus libre qu'elle ne l'avait jamais été. Elle décida de marcher, de découvrir ce monde inconnu qui s'offrait à elle.

Elle déambula dans les rues de la ville, observant les bâtiments, les gens, les couleurs, les odeurs. Tout était différent de ce qu'elle avait connu jusqu'à présent. Elle se sentait comme une étrangère, mais cela ne la dérangeait pas. Elle avait besoin de cette nouvelle façon de voir la vie.

Au fil de ses pas, elle rencontra des gens, des sourires, des moments de partage. Elle se laissa porter par ces rencontres imprévues, ces instants de grâce qui lui permirent de s'ouvrir un peu plus à ce monde étrange. Elle avait l'impression de découvrir un nouveau langage, de nouveaux codes, une nouvelle manière de communiquer.

Avant de rejoindre sa famille, Nadia a décidé de prendre les choses en main et de faire justice elle-même. Elle a décidé que Monsieur Alexandre devait disparaître, car elle ne voulait pas se justifier auprès de la société ou de sa famille.

Elle se sentait coupable d'avoir accepté son sort et d'avoir été complice de complaisance envers un pervers. Bien sûr, elle s'est échappée du château, mais son refus de dénoncer immédiatement cet homme à la police pourrait être interprété comme une simple vengeance contre un homme qui lui aurait refusé certains privilèges. Nadia se demande pourquoi elle n'a pas alerté ses parents ou contacté la police dès le début. Cependant, elle ne peut pas revenir en arrière et risquer de tout perdre, sachant que la position sociale de Monsieur Alexandre est un gage d'impunité pour lui. Les erreurs commises par Nadia risquent de compromettre sa position vis-à-vis de cet homme. Elle doit prouver qu'elle a été séquestrée, torturée et humiliée, ce qui est vrai mais difficile à prouver. La justice peut lui demander des détails sur ses relations avec cet homme et avec les autres habitants, ainsi que sur la raison pour laquelle elle n'a pas alerté la police dès son évasion. Ces questions ont finalement dissuadé Nadia d'agir et d'alerter les autorités.

En fait une question trotte dans son esprit :

- Pourquoi n'ai-je pas de suite, alerté mes parents, contacter la police ? se demande-t-elle.

Nadia a passé des semaines à réfléchir et à planifier sa vengeance contre Monsieur Alexandre. Elle avait envisagé toutes les possibilités.

En planifiant sa vengeance, Nadia ignorait qu'elle avait été officiellement déclarée morte, victime d'un assassinat perpétré par un rôdeur. Son corps avait été découvert dans la forêt et formellement identifié comme étant le sien. La nouvelle de sa mort avait été un choc pour sa famille et ses amis, qui avaient organisé une cérémonie funèbre en son honneur. Mais alors qu'ils pleuraient sa perte .

Nadia elle-même était bien en vie, planifiant sa vengeance en secret.

V

Nadia était enfermée dans le château depuis des mois, avec seulement la lueur d'une bougie pour éclairer son coin sombre. La seule chose qui la maintenait en vie était son désir ardent de vengeance. Elle avait été emprisonnée par celui qu'elle appelait son geôlier, et elle s'était juré de lui faire regretter chaque seconde qu'il avait passée à la garder captive.

Lorsqu'elle parvint enfin à s'échapper du château, Nadia ressentit une poussée d'adrénaline. Elle savait qu'elle devait être prudente, car le geôlier serait sûrement à sa recherche. Son cœur s'emballa de colère et de détermination. Elle ne pouvait pas le laisser s'en sortir avec ce qu'il avait fait, à elle et à tous ceux qu'il avait enfermés.

Nadia passa des jours à voyager dans la forêt sombre, hantée par les souvenirs de son emprisonnement. Mais son cœur est tourné vers la vengeance. Elle ne pouvait pas laisser cet homme en liberté, sachant la douleur qu'il avait causée à elle et à tant d'autres.

Enfin, elle revient vers le château où le geôlier vivait dans le luxe. Les yeux de Nadia s'enflammèrent de fureur alors qu'elle s'approchait de sa grande demeure. Elle savait qu'elle devait être prudente et rester cachée jusqu'au bon moment pour frapper.

Alors qu'elle se rapprochait de sa cible, elle ressentit une étrange sensation dans son cœur. C'était un mélange de colère, de haine et de quelque chose d'autre. Quelque chose qu'elle n'arrivait pas à mettre en évidence. Elle pensait que c'était peut-être de l'amour, mais comment pourrait-elle aimer quelqu'un qui l'avait tant fait souffrir ?

En observant le geôlier de loin, le cœur de Nadia s'adoucit un peu. Elle avait aimé cet homme, avant qu'il ne se transforme en monstre. Mais la douleur qu'il lui avait causée était trop grande. Elle ne pouvait pas lui pardonner ce qu'il avait fait.

Mais en l'affrontant, elle se rendit compte que cet homme avait été son amant. Il lui avait promis le monde, mais au lieu de cela, il lui avait volé sa liberté et sa dignité. Elle se sentait déchirée, ne sachant que faire.

Le cœur lourd, Nadia se présenta au geôlier. Il fut surpris de la voir, mais son expression se transforma en amusement. «Je vois que tu t'es échappée, ma chère», dit-il avec un sourire en coin.

Son expression se transforma en amusement. «Je vois que tu as encore des sentiments pour moi, Nadia», dit-il avec le même sourire. «J'ai toujours su que tu ne pouvais pas me résister.»

Les poings de Nadia se serrèrent de colère.

-Tu es un monstre», siffle-t-elle. «Je ne te pardonnerai jamais ce que tu m'as fait.

Le geôlier rit.

- Oh, Nadia. Tu as toujours été si mélodramatique. Tu sais que je ne voulais pas te faire de mal. C'était juste pour le travail.»

Nadia sentit une vague de colère l'envahir. Elle avait tout perdu à cause de cet homme, et il ne comprenait toujours pas la gravité de ses actes.

- Vous vous faites des idées, dit-elle.

- Vous avez ruiné ma vie. Il ne me reste plus rien.

Le visage du geôlier s'adoucit.

- Je sais, Nadia. Et je suis désolé. Mais je peux me rattraper. J'ai une proposition à te faire.

Nadia ressentit une pointe de curiosité. Qu'est-ce que ce monstre pouvait bien lui offrir ? Et pourtant, elle se surprend à l'écouter.

- J'ai un travail pour toi, dit le geôlier.

- Un travail qui paie bien. Tout ce que tu as à faire, c'est de travailler pour moi. Aides-moi dans mes affaires.

L'esprit de Nadia s'emballe. Travailler pour l'homme qui a détruit sa vie ? C'est de la folie. Et pourtant, l'offre était tentante. Elle n'avait plus rien. C'était peut-être sa chance de repartir à zéro.

- D'accord, dit-elle, Je vais le faire. Mais ne t'avise pas de penser que cela signifie que je te pardonne.

Le geôlier sourit.

- Bien sûr que non, Nadia. Bien sûr que non.

En se tournant vers la sortie, Nadia ne peut s'empêcher de se demander dans quoi elle vient de s'embarquer. Serait-ce le début d'une nouvelle vie ou le commencement de la fin ? Seul le temps le dira.

Quand Monsieur Alexandre propose du travail à Nadia, elle décide de temporiser, de mener son travaille en secret en attendant de mettre au courant sa famille. Il lui faut un peu de temps pour mettre en ordre ses affaires et son esprit avant de se révéler a ses proches.

VI

Nadia avait déjà été brûlée par l'amour, et les cicatrices persistaient encore. Elle avait baissé sa garde et s'était laissé aller à la vulnérabilité, pour voir son cœur se briser en mille morceaux. La douleur avait été insupportable et elle avait renoncé à l'amour pour toujours.

Et puis, elle l'a rencontré. Il était charmant, beau et avait un sens de l'humour qui la faisait rire jusqu'à ce qu'elle ait mal aux côtes. Le courant est passé instantanément entre eux et Nadia s'est retrouvée à tomber amoureuse de lui en dépit de son bon jugement.

Aussi, lorsqu'il lui propose de travailler pour lui, Nadia est déchirée. Elle savait qu'il était insensé de l'envisager, mais elle n'avait plus rien. Elle avait touché le fond et n'avait nulle part où aller. C'était peut-être sa chance de repartir à zéro.

Le cœur lourd, Nadia accepte de travailler pour l'homme qui a détruit sa vie. Mais elle précise que cela ne signifie pas qu'elle lui pardonne. Le geôlier sourit et lui assure qu'il comprend.

En sortant de la pièce, Nadia ne peut s'empêcher de se demander dans quoi elle s'est embarquée.

Est-ce le début d'une nouvelle vie ou le début de la fin ? Seul le temps le dira.

Les jours se transforment en semaines, et les semaines en mois. Nadia travaille dur, mettant toute son énergie dans son travail. Elle est bonne dans ce qu'elle fait et son patron apprécie ses efforts. Lentement mais sûrement, Nadia a commencé à reconstruire sa vie.

Mais il s'est passé quelque chose d'étrange. Le geôlier a commencé à agir différemment en sa présence. Il semblait plus attentif, plus affectueux. Nadia ne sait plus où elle en est. A-t-il changé d'avis ?

Un soir, après le travail, le geôlier a invité Nadia à sortir. Ils sont allés dans un restaurant discret très loin du château ou personne ne les connaissaient, et il a commandé le meilleur vin. Alors qu'ils sont assis l'un en face de l'autre, Nadia ne peut s'empêcher de sentir quelque chose vaciller dans son cœur. Est-elle de nouveau tombée amoureuse de lui ? Pourrait-elle à nouveau lui faire confiance ?

Mais le geôlier se pencha et Nadia sentit son souffle chaud sur son oreille.

- Tu sais, chuchota-t-il, je n'ai jamais vraiment voulue te faire du mal. Je t'ai enfermée au château car je refusé de te perdre. J'ai tout fait pour toi.

Nadia est stupéfaite.

- Qu'est-ce que tu veux dire ?

- Je suis amoureux de toi, Nadia. Je voulais te donner un nouveau départ, loin des souvenirs qui t'avaient blessée. Je savais que tu ne me pardonnerais jamais, mais je devais essayer.

Nadia reste sans voix. Elle ne s'attendait pas à ce que l'homme qui avait détruit sa vie soit celui qui la sauverait. Mais l'amour a toujours eu le don de la surprendre.

Alors qu'ils sortaient du restaurant, main dans la main, Nadia ne pouvait s'empêcher de se demander quelles autres surprises l'amour lui réservait. Et pour la première fois Nadia va prononcer le prénom de son bourreau.

- Alexandre ! Tais-toi je voudrais savourer un moment de silence.

Le retour au château se fait en automobile. Apres plus de deux heures de route, ils étaient arrivés.

Nadia et Alexandre échangèrent entre eux

quelques réflexions mais la plupart du temps le voyage se fait dans un silence religieux ; le seul bruit audible étant celui du moteur.

Monsieur Alexandre n'utilise que rarement son véhicule sauf pour les longues distances, sinon pour les distances plus courtes, il préfère sa calèche.

Le voyage avait été long et douloureux, mais peut-être, juste peut-être, que c'était le début d'une belle histoire d'amour.

Mais au fond d'elle, un sentiment d'inquiétude persistait. Nadia était toujours hantée par le souvenir de l'homme qui l'avait enfermée dans un château et l'avait fait souffrir. Chaque fois qu'elle fermait les yeux, elle entendait son rire malicieux résonner dans son esprit. Elle savait qu'elle ne pourrait pas se reposer tant qu'elle n'aurait pas pris sa revanche.

VII

Nadia était assise dans son bureau cossu, fixant les murs imposants du château qui l'entouraient. Ces mêmes murs qui l'avaient autrefois retenue captive, ces mêmes murs qui l'empêchaient d'accéder à la liberté. Elle ne pouvait s'empêcher d'éprouver un sentiment d'ironie en travaillant pour l'homme qui avait été son geôlier.

Son travail consistait à gérer et à planifier des campagnes publicitaires pour de grandes entreprises, à mille lieues de la sombre cellule qu'elle appelait autrefois sa maison. Mais son passé la hante toujours, son esprit est constamment tourné vers la vengeance contre l'homme qui lui a tout pris.

Elle avait appris ses méthodes, ses tactiques et ses secrets, tout en travaillant étroitement avec lui au château. Désormais, elle possédait les connaissances et le pouvoir nécessaires pour lui faire payer ses crimes.

Alors qu'elle travaillait sans relâche sur sa dernière campagne, elle ne pouvait s'empêcher de penser au plan qu'elle préparait depuis des mois. Comment elle allait enfin faire tomber l'homme qui avait ruiné sa vie.

Mais alors que les jours se transformaient en semaines, et les semaines en mois, Nadia se rapprochait de son ancien geôlier. Quelque chose le lui en attirait, sans qu'elle puisse l'expliquer. Peut-être était-ce la façon dont il attirait l'attention, ou la façon dont il semblait toujours avoir deux longueurs d'avance.

Leur relation était pour le moins compliquée. Une histoire d'amour sombre que Nadia n'aurait jamais cru possible. Elle ne pouvait s'empêcher de se demander si son plan de vengeance valait la peine de perdre la seule personne qui ne l'ait jamais fait se sentir vivante.

Alors que la campagne touche à sa fin, Nadia se retrouve à la croisée des chemins. Choisira-t-elle la vengeance ou l'homme qui est devenu tout pour elle ?

La réponse lui est venue alors qu'elle se tenait au sommet des murs du château, regardant le monde en contrebas. Nadia a compris que la vengeance ne valait pas la peine de sacrifier le bonheur qu'elle avait trouvé.

Alors qu'elle se retournait pour rentrer dans le château, Nadia savait que son passé ferait toujours partie d'elle, mais qu'il ne la définirait plus. Elle avait trouvé l'amour dans l'endroit le plus inattendu, et cela valait plus que n'importe quelle vengeance.

VIII

Une nouvelle venue est installée dans la chambre rose, ou Nadia et Alexandre se rencontraient quelques fois pour leurs ébats amoureux. La chambre rose comme son nom l'indique est destinée exclusivement par Monsieur Alexandre pour ses rendez vos galants. La nouvelles venue, est une jeune belle femme blonde avec des formes harmonieuses et élancées telle que Monsieur Alexandre les aiment. Qui est-elle ? , d'où vient-elle ?

Nadia se sent étrange en présence de cette nouvelle venue, elle se demande si Monsieur Alexandre aurait décidé de remplacer ses services par cette jeune femme blonde. Mais elle ne peut pas le savoir avec certitude.

Alors qu'elle s'apprête à sortir de la chambre rose, elle entend des bruits de pas dans le couloir. Alexandre entre, suivi de près par la nouvelle venue. Il sourit en voyant Nadia, mais reste silencieux. La tension dans la chambre est palpable. Nadia se sent mal à l'aise et décide alors de partir discrètement. La nouvelle venue lui lance un regard froid et hautain, comme pour la narguer. Nadia, elle, sent son cœur se serrer de déception et de tristesse.

Les jours suivants, Nadia remarque que la nouvelle venue est de plus en plus présente dans la vie d'Alexandre. Il la fait entrer et sortir de la chambre rose à n'importe quelle heure du jour ou de la nuit. Nadia en est jalouse et se sent trahie.

Elle décide alors de parler à Alexandre. Dans un excès d'émotions Nadia va a la rencontre de celui qu'elle croyait qu'elle était pour lui son unique amante et collaboratrice.

- Qui suis-je pour toi pour me remplacer par cette jeune femme ? lui demanda-t-elle.

- J'ai besoin de changer, de goutter a d'autre plaisir, c'est mon tempérament... lui répondit il

- Et moi qu'est ce je représente pour toi ?

- Une concubine de plus, et tu dois t'y faire... peut-être bien que a un certain moment je t'y conduirai dans la chambre rose, pour passer un bon temps...

Nadia est figée, le sang lui monte à la tête. Elle ne peut imaginer cette énième humiliation d'un homme qui quelques jour avant lui déclarer son amour.

- Accepte ton sort... Tu mènes une belle vie dans ce château, ne gâche pas ta chance.

Un silence pesant. Nadia ne peut plus émettre un son... Elle se retourne et quitte la pièce.

Mais avant d'être complètement sortie elle entend Alexandre lui dire :

- Et en plus tu es trop âgée par rapport à elle...

Nadia est effondrée. Elle se sent trahie et humiliée. Pourquoi Alexandre l'a-t-il ainsi trompée et méprisée ? Elle commence à remettre en question toute sa relation avec lui. N'a-t-il jamais réellement éprouvé des sentiments pour elle, ou l'a-t-il simplement utilisée comme une simple maîtresse de passage ?

Maintenant Nadia est convaincue d'avoir commis l'erreur de sa vie, elle aurait due après son évasion du château, alerter la police et rejoindre sa famille. Maintenant elle se doit de quitter cet endroit, abandonner son travail, annoncer son retour à sa famille, et quitter cet endroit pour se rendre le plus loin possible et tenter de refaire sa vie.

IX

Le bruit de la pluie sur la fenêtre est apaisant pour ses oreilles. Elle regardait par la fenêtre, perdue dans ses pensées, s'interrogeant sur le but de sa vie. Elle se remémorait les jours où elle était jeune et innocente, vivant dans un monde plein de rêves et d'espoir. Mais ce monde s'était étiolé et avait disparu alors qu'elle n'avait que seize ans.

Nadia ne peut oublier les sévices que lui faisait subir Alexandre et quelquefois ses sbires, L'amour qu'elle croit ressentir pour ce bourreau ne peut pas lui faire oublier tous le mal qu'il lui a fait à elle et aux autres. En quête de vengeance, elle va perdre la raison et commettre l'irréparable. Alexandre est tué de plusieurs coups de couteaux.

Les yeux exorbités, Nadia contemplait le corps sans vie d'Alexandre, étendu devant elle. Les larmes coulaient sur ses joues rougies, mais elles ne pouvaient pas apaiser sa douleur. Elle ne savait pas ce qui l'avait poussée à faire cela, à prendre un couteau et à attaquer l'homme qu'elle aimait.

Elle se sentait comme prise de démence, un état mental qu'elle ne pouvait pas expliquer. Tout ce qu'elle savait, c'était qu'elle avait perdu le contrôle, que quelque chose en elle avait explosé et qu'elle avait agi sans prévoir les conséquences. Maintenant, elle regrettait amèrement ce qu'elle avait fait.

Prise de panique devant la dépouille ensanglantée d'Alexandre. Elle réalise aussitôt l'ampleur de son geste et se précipite hors du château où elle se trouvait avec lui. Elle court le plus loin possible, sans réfléchir, son esprit embrumé par la douleur et la colère.

C'est plusieurs heures plus tard qu'elle se retrouve dans une petite ville inconnue, désorientée et épuisée. Sans réel projet, elle trouve refuge dans un hôtel miteux, où elle s'effondre en larmes.

Les jours et les semaines passent, et Nadia se laisse lentement glisser dans une spirale de désespoir. La police est sur ses traces, les médias parlent du meurtre d'Alexandre comme d'un crime passionnel sanglant. Nadia sait qu›elle ne pourra jamais se rendre, qu'elle sera poursuivie pour le restant de ses jours.

Dans son isolement, elle repense à sa vie avant cette nuit fatale. Alexandre, cet homme qui la séquestré si longtemps, et qui a fini par recherché auprès d'elle l'amour qui lui a toujours porté. Alexandre est un homme violent à ses heures et très doux quelquefois. Elle se souvient des moments où il aurait pu la tuer, mais où il l'a épargnée. Elle pense aussi à toutes les fois où il lui a parlé de son passé difficile, de sa famille qui l'a rejeté, et de son besoin désespéré d'amour et d'attention.

Elle se demande comment elle a pu tomber amoureuse de lui, comment elle a pu ignorer les signes avant-coureurs de sa violence.

Peu à peu, Nadia commence à envisager une autre voie, une vie différente de celle qu'elle avait imaginée. Elle continue de se cacher, mais au fond d'elle, elle se prépare à affronter les conséquences de ses actes. Un jour, elle sait que son passé la rattrapera.

Au fond d'eux Nadia et Alexandre cultivent la même violence et le refus d'une certaine humiliation qui les porte aux extrêmes. Malgré cela, ils ont des personnalités très différentes.

Nadia est une femme indépendante, brisée, affaiblie par la vie, mais qui n'a jamais accepté qu'on la traite comme une chose. Alexandre, quant à lui, est un homme intelligent et ambitieux, mais qui a grandi dans un environnement difficile, où la violence faisait partie de la norme.

X

Nadia est arrêtée et emmenée devant un juge.
Nadia est arrêtée et emmenée devant un juge.
Un juge qui découvre que la femme qui se
trouve face à lui a été officiellement déclarée
morte, violée et tué par un rôdeur.
Il doit maintenant résoudre ce dilemme avant
de pouvoir commencer son enquête sur la mort
d'Alexandre.
Nadia explique au juge qu'elle a été victime d'une erreur d'identité et qu'elle était en
fait retenue captive au château par Monsieur
Alexandre. Elle admet finalement ce qu'elle a
fait et est condamnée à une peine de prison à
vie. Elle sait qu'elle a mérité sa sentence mais
elle ne peut s'empêcher de se demander si les
choses auraient été différentes si elle avait choi-
si une autre voie dans sa vie.

Son histoire a été largement commentée dans les médias comme l'une des plus voyantes de l'année suivante. Tout le monde se demandait comment une personne en apparence ordinaire pourrait commettre un si horrible acte. Nadia n'a jamais oublié Alexandre et tout ce qu'il représentait pour elle. Même si elle a commis une erreur pour laquelle elle doit payer, elle sait qu'elle portera ce fardeau pour le reste de sa vie.

Nadia avait perdu tout espoir de sortir de prison un jour. Elle avait été condamnée à la réclusion à vie pour avoir tué son agresseur qui la harcelait depuis des mois. Pourtant, elle avait agi en légitime défense. Elle avait été victime d'abus et de violence pendant si longtemps qu'elle avait fini par craquer. Mais la justice n'avait pas été tendre avec elle.

Mais devant tant d'incohérence et manque de compétence d'une justice expéditive, vont permettre aux parents de Nadia d'alerter les hautes autorités du pays qui vont ordonner la révision du procès.

La nouvelle de la révision du procès de Nadia se répand très rapidement dans tout le pays. Les médias sont inondés de commentaires et de réactions.

Beaucoup de personnes sont choquées par le manque de rigueur et d'impartialité de la justice locale. Une femme déclarée morte et dont le corps fut découvert mutilé dans un sous-bois. Et qui aujourd'hui passe en justice pour la deuxième fois pour prouver que son acte quoique répréhensible reste un acte assimilé a une légitime défense.

La révision du procès de Nadia commence enfin. Les parents de Nadia, ainsi que les avocats de la défense, présentent de nouveaux éléments qui prouvent son innocence. Le juge est contraint de reconnaître les failles dans la première enquête.

XI

La vie en prison était plus difficile que tout ce que Nadia avait pu imaginer. Pendant des mois, la jeune femme avait dû s'adapter aux horaires stricts, à la nourriture insipide et à la compagnie des autres détenues.

Au début, Nadia avait essayé de garder le moral. Elle avait fait des efforts pour s'entendre avec les autres détenues et pour trouver des activités à faire pendant les longues journées d'ennui. Mais plus le temps passait, plus elle se sentait isolée et désespérée.

Les gardiens de prison étaient impitoyables et cruellement indifférents à sa souffrance. Il la traitait comme si elle était un animal en cage, sans égard à sa dignité ou à ses besoins humains les plus basiques.

Malgré cette brutalité quotidienne, Nadia a réussi à survivre. Elle a trouvé de petits moments de répit dans la lecture, la méditation ou la prière. Elle a forgé des amitiés avec quelques femmes incarcérées et a trouvé un sens de communauté dans leur lutte commune pour la liberté.

Le séjour de Nadia en prison est rythmé par le bruit des portes qui se ferment résonne dans toute la prison, tandis que les prisonniers retournent dans leurs cellules pour une autre nuit d'isolement.

Dans une cellule sombre et délabrée, Nadia assise sur son lit observe les murs nus en silence, se demandant combien de temps elle restera enfermée.

La nourriture est souvent froide et peu appétissante. Les repas sont toujours les mêmes et il n'y a pas de choix. Il est difficile de garder le moral et il est facile de sombrer dans la dépression.

Les prisonniers sont souvent victimes de violences physiques et de harcèlements psychologiques, ce qui rend encore plus difficile la vie dans la cellule. Le bruit incessant des toilettes qui ne fonctionnent pas correctement, les cris des autres prisonniers et les coups des gardiens de prison qui font régner l'ordre, sont autant de facteurs qui rendent la vie dans la cellule infernale.

Pourtant, malgré toutes ces difficultés, Nadia tente de garder l'espoir en se concentrant sur les choses positives qu'elle peut trouver dans sa vie. Elle essaie de garder une bonne hygiène personnelle, de lire des livres et de garder contact avec ses proches. Elle ne perd pas espoir et espère sortir un jour de cette prison pour retourner à la vie.

XII

La justice se cherche et tente de comprendre une si complexe affaire qui a défrayé les chroniques de la morte qui assassine son bourreau, une situation pathétique qui met en émoi toute une nation et qui informe   sur les incohérences de la société

La société s'est retrouvée confrontée à ses propres dysfonctionnements, à sa culpabilité collective de ne pas avoir su protéger les plus faibles et à la nécessité d'agir pour que de tels drames ne se reproduisent plus.

Durant le procès en appel de Nadia, accusé de crime.

Elle était assise sur le banc des accusés devant le juge qui présidait le procès en appel. Les yeux rivés sur le sol, elle tentait de repousser les sentiments d'anxiété et de peur qui la submergeaient. Après avoir été reconnue coupable du meurtre de Monsieur Alexandre, en première instance la voilà de nouveau devant les juges pour plaider sa cause.

Son avocate se leva pour prendre la parole. Elle avait préparé un argumentaire solide et persuasif pour convaincre le jury que Nadia a agi en légitime défense contre celui qui l'a séquestrée dans son château.

La salle d'audience était remplie de monde, tous les yeux étaient fixés sur Nadia. Elle avait l'air d'une petite fille perdue parmi tous ces adultes sérieux qui discutaient de son sort. Son avocate avait pris la parole et avait exposé tous les éléments qui allaient dans le sens de la légitime défense. Le jury écoutait attentivement, essayant de discerner la vérité derrière les mots de la jeune femme.

Après les plaidoiries de l'accusation et de la défense, le jury se retira pour délibérer. Nadia avait le cœur serré, les mains moites. Elle avait la sensation que tout son avenir dépendait de la décision qui serait prise dans cette salle d'audience.

Les heures passèrent, interminables. Finalement, le jury revint dans la salle. Tous les regards se tournèrent vers lui. Le juge Luiz annonça solennellement la décision du jury : Nadia était acquittée. Les membres de sa famille et ses amis présents dans la salle d'audience éclatèrent en cris de joie. Nadia, elle, resta un moment figée, avant de laisser éclater elle aussi sa joie. Elle avait été innocentée, elle pouvait reprendre le cours de sa vie.

Quelques jours plus tard, Nadia sortait de prison, le sourire aux lèvres. Elle avait été libérée sous le coup de midi, comme si le soleil avait soudainement décidé de briller sur sa vie. Elle retrouva sa famille, tous heureux de la voir revenir enfin auprès d'eux. La vie reprenait peu à peu son cours normal, même si Nadia gardait au fond d'elle le souvenir terrifiant de son enfermement.

Mais elle était décidée à tourner la page, à reconstruire sa vie.

XIII

Nadia était enfin libre après avoir été en prison. Elle avait beaucoup de choses à rattraper, et l'une des plus importantes était sa vie familiale. Elle avait été séparée de ses proches pendant si longtemps qu'elle savait que les retrouvailles seraient émouvantes. Elle était heureuse de retrouver ses parents, sa sœur, son frère et sa nièce. Elle n'avait pas vu sa nièce grandir, mais elle était heureuse de pouvoir rattraper le temps perdu. Elle avait tellement de choses à leur raconter et à leur expliquer. Elle devait les informer de ce qu'elle avait vécu en captivité dans le château et son séjour en prison et de la manière dont cela avait changé sa vie. Nadia était déterminée à ne plus jamais vivre comme elle l'avait fait auparavant. Elle ne voulait plus commettre d'erreurs.

Elle avait besoin de travailler dur pour se réadapter à la vie en société et pour regagner la confiance de sa famille.

Avec de la patience et de la persévérance, Nadia réussit à regagner l'estime de sa famille et à retrouver une vie plus stable. Elle était fière de ce qu'elle avait accompli et de la manière dont elle avait surmonté les difficultés. Elle avait su tourner la page de son passé tumultueux et était maintenant heureuse de pouvoir profiter pleinement de sa nouvelle vie.

XIV

A la mort d'Alexandre, la police va investir le château et arrêter tous les habitants, certains vont être condamnés à purger des peines de prison et d'autres seront libérés, ce qui était le cas du couple quinquagénaires. La femme nouvelle venues va s'enfuir sitôt le drame commis et personne ne l'a reverra jamais.

Aujourd'hui le château est abandonné a lui-même. Le couple quinquagénaire libéré est retourné vivre à leur ancienne vie en ville. Ils ont essayé de se remettre de tout ce qui s'était passé au château, mais ils ne pouvaient pas oublier leur expérience traumatisante. Ils ont finalement décidé de quitter la ville et de se retirer dans une petite maison à la campagne. Pendant ce temps, la femme qui avait fui est rapidement devenue une fugitive. La police a diffusé une alerte et a commencé une chasse à l'homme pour la retrouver. Mais malgré tous leurs efforts, elle est restée introuvable. Le temps passe et le château a commencé à se délabrer.

Un château abandonné laissé à lui-même. Au fil des mois, le château abandonné avait lentement été envahi par la végétation. Les arbres grandissaient dans la cour intérieure, leurs branches s'étirant vers les murs en pierre et les envahissant comme de longues lianes. Les pierres étaient couvertes de mousse, de lichen et d'autres plantes grimpantes, leur donnant un aspect presque organique. L'herba a envahie les allées.

Mais ce n'était pas seulement la nature qui avait repris possession de l'endroit. Des rumeurs circulaient depuis longtemps parmi les habitants des villages avoisinants, disant que le château était hanté. Des ombres se déplaçaient dans les fenêtres vides, des bruits étranges se faisaient entendre la nuit, et personne ne semblait capable de s'approcher trop près du bâtiment sans ressentir une inexplicable angoisse.

Le château était calme, presque paisible dans sa détresse. Les murs étaient ébréchés et usés, mais les voûtes du plafond pouvaient encore être admirées, témoins de la grandeur passée du lieu. C'était la fin d'une époque, un temps ou le château symbolisé la région. Aujourd'hui rien que la désolation d'un lieu désert.

Un lieu maudit !